KB137121

눈이 내리네

눈이 내리네

2024년 3월 18일 제 1판 인쇄 발행

지은이 ● 정정근
펴낸이 ● 박종래
펴낸곳 ● 도서출판 시담
04625 서울시 중구 필동로 6(2층·3층)
등록번호 제2016-000070호
전화 (02) 2277-2800

값   10,000원
메일 ms8944@chol.com

ISBN 979-11-90721-28-8

※ 잘못 만들어진 책은 바꿔드립니다.
　 이 책 내용의 일부 또는 전부를 재사용하려면
　 반드시 저작권자의 동의를 얻어야 합니다.

눈이 내리네

정정근 시집

시담

여는 글

눈 내리는 대관령 정상
발길 닿는 곳, 눈길 닿는 곳
온통 설국雪國입니다
몇 번씩 덧쌓여
1미터가 넘어 보이는 하얀 벌판
잎을 다 떨군 나무들은 은銀보석으로 성장盛裝을 하고
침엽수들은 소담스럽게 눈꽃을 피웠습니다
은설銀雪의 꿈속입니다
나도 하얀 나라로 입주했습니다
내 안의 철부지는 도리질을 하지만
현주소가 '노인'이다 보니
먼 데서 들려오는 하모니카 소리
고향집 굴뚝 위를 날던 저녁연기 같은 노래에만
맘이 쏠렸습니다

숫눈길을 걸으며 생각합니다
내 인생 말년도
이 순백의 세상처럼 아름다우면 좋겠다고요
싱그럽지 못한 중얼거림,
고운 눈으로 봐주십사 감히 청해봅니다.

2024년 입춘지절에 정정근

1 · 그 섬의 심마니

2 · 기억 속의 그 집

3 · 내 인생에 겨울이

4 · 밤이 길어졌어요

1부

그 섬의 심마니

그 섬의 심마니

울릉도 골 깊은 알봉분지 투막집에
심마니 노부부 살아가네
구름도 휘청이는 산 비알 오르내리다
바깥노인 등허리는 활처럼 휘어지고
염소 몇 마리 키우며 도망도 못 간 꽃순이
호호할미 되었네

여름엔 거센 빗줄기와 바람
겨울엔 허구한 날 길눈 쌓여
장독대는 부엌에
외양간은 방 옆에 두고 사는
원조 자연인들

토방 옆 황토벽에는
포효 삼킨 호랑이 수문장으로 걸려있고
가로로 걸쳐놓은 마당 가 바지랑대엔
마르다 젖다 돌멩이 된
수백 통 옥수수
눈雪이불 덮고 포근히 잠들었네

산신령 수염,
오늘은 약초라도 팔러 가시나
망건 위에 흑립 쓰고
솜바지 동저고리에 검정 두루마기 차림으로
조그만 보퉁이 들고
검정 치마 흰 저고리와 길 뜨시네
지나던 바람이 마나님 옷고름과 치맛자락을
펄쩍 날리고 달아나네

굼뜬 소식

지방여행 다니다 느린 우체통을 보면
나에게 엽서를 보냈다

– 지금은 찌든 냄비 꼴이어도
이 엽서 받을 때쯤이면 이쁜이비누로 잘 닦아
햇볕에 말린 그릇처럼 빛날지도 몰라
엉뚱한 생각 말고 힘내!

무슨 까닭인지 한 장도 받지 못했다
짧게는 몇 년, 길면 십여 년 된 것도 있으련만
내가 그렇게 자주 둥지를 옮겼던가

손바람 내지 못하고 맴만 도는
깨금발 보기 싫어 오다 돌아갔는지
아직도 어디선가 엿보고 바장이며 지켜보는지
알 수가 없다

늙은 섬

정월에도 이월에도
회포를 풀지 못해
화창한 삼월에 다시 갔지만
이름값 못 하기는 마찬가지
시큰둥한 안색 보기 딱했나
한 말씀 하시는 민박집 아지매

"나무들이 너무 늙어서 저렇다 아임껴
새벽에는 숲이 온통 벌겋심더"
여기저기 참수당한 몰골이나 보려고
하룻밤 묵을쏜가
죽어서도 눈 못 감는 한恨
서로 위로하라고
한곳에 모아주고 발길 돌리네

화석化石

오스틴의 보물, 자연사박물관이
머나먼 시간의 문을 열었다
과거의 깊은 흔적과 현재를 진열해 놓고
낮은 곳부터 천장에 이르도록
초생기의 아르젠티노사우루스를 웅장하게 전시했다
아이들은 놀라움과 즐거움으로 탄성을 지르고
어리보기 아낙은 심장의 박동을 느끼며
물과 땅을 지배하는 거대한 발자국을 상상했다

화석은 시간의 틈에서 발견된
바람과 물의 고요한 서사
세상사만큼이나 끝없이 바뀌고 생성되는
생명의 무대에서
아이들의 몸이 자라고 정신이 성숙하는 동안
천년의 시간 속에 잠든 거장은
대륙을 흔들던 먼 옛날을 추억하리라

고도의 현미경을 통해 곤충의 화석
별빛까지 보여주는 오스틴자연사박물관은
시간의 경계를 초월한 과거와 현재

그리고 미래가 만나는 교육의 성지다
호기심으로 반짝이는 아이들의 눈에서
빛나는 별의 미래를 본다
시간의 강물은 유장하게 흐르고
자연의 기적, 역사의 증언, 고대의 타임머신,
지구의 영원한 기록을 찾기 위한
인류의 탐사는 계속되리라

등 푸른 맨살을 탐하다

욕지도에 갔네
점심때가 기울어 부두에 닿으니
횟집으로 안내하는 친구 내외
여기서만 맛볼
각별한 맛에 접신시켜 주겠다고

죽은 것들만 만만한 나
비린내를 염려하며 갸우뚱하는데
저민 마늘, 어슷 풋고추, 향긋한 미나리들 호위받으며
꽃잎처럼 날아든 국민생선
찬 없는 잡곡밥도 후딱 할 판인데
싱싱한 고등어의 날렵한 맨살이
쫄깃 다디단 식감으로 꼬드기는데
어찌 데면데면 점잔만 떨겠는가

따끈한 흰밥을
무 넣고 졸인 대굴빡찌개와 먹는 맛도 그만이고
시력 향상에 좋다는 희고 동글고 꼬들한
눈깔 공략하는 재미도 솔찬하다

유턴과 직진

저만큼 보이는
유턴과 직진의 이정표
뒤돌아 갈까, 내쳐 갈까
익숙한 길은 안전하지만
타성에 젖기 쉽고
낯선 길은 불안하지만
행운이 기다릴지도 모를 꿈속 같은 길
삶의 자리는 어디나 눈물 반 웃음 반
언젠가 돌아가야 한다면 지금이 아닐까
마음은 여행을 원하고
몸은 익숙한 풍경에 안주하네

겨울 조양강

남녘에선 봄꽃들이 히죽해죽 웃는
이월 하순
정선 덕천리 제장마을
고꾸라질 듯 자빠질 듯 제 몸을 뒤집어가며
영월 동쪽 문희마을로 동강을 만나러 가던 조양강
온몸에 붕대를 감은 듯 푸른 대리석을 깔아놓은 듯
단단히 얼어 있다

칠족령漆足嶺을 달려온 한파
안개꽃처럼 잔설 흩날리며 내 몸속 파고든다
가슴에 눈꽃을 피워 올릴 것만 같다
그때 강의 한쪽을 막아선 뻥대가 휘청,
마음에 다짐을 주는 천둥소리

청룡 흑룡 날아올랐을 절벽은
거칠게 켠 송판인 듯 말이 없고
강바닥에 귀를 대보아도
납작 엎드려 강의 속살을 살펴보아도
속속들이 시퍼렇게 멍든 겨울은
조용하기만 하다

병매기고개에서 발목을 접질리지도 않고
기세 좋게 넘어온 백운산 칼끝바람
내 어깨를 더욱 움츠러들게 하는데
기죽고 풀죽을 일이 여기서 뿐이겠는가

현충원의 봄 · 4

잔풀들 냉기 뚫는
사월 초
생강나무 산수유 꽃 저물고 나니
백목련이 절정이다
벚꽃 가지엔 어린 꿈 촘촘히 개화를 기다리고
온실에서 갓 나온 팬지들 해바라기하다
느닷없는 재채기 소리에 파르라니 떤다
참선 중이던 왜가리도
수상한 소리에 놀라
커다란 날개 펴고 휘적휘적 날아간다

길

길에서는 언제나 바람을 만나지
풍경은 자꾸 바뀌어 가고
발걸음은 앞으로 가는 듯 뒤를 돌아봐
내 가는 이 길 끝에는 무엇이 있을까
가면서 조금씩 늙어갈 뿐이지만
멈출 수도 없지
계절도 내 인생도 그대로 있지 않으니
발자국 속에 이야기를 남기며
끝 모를 길을 걸어가네

겨울 나들이

오랜만에 서울역에서
호남선 완행열차를 탔네
밭고랑 같은 철로의 한 코스를 잡아
큰기침부터 질러대고
철거덕철거덕
묵직한 위엄, 보무도 당당하네

흰 고깔 관악산이 자꾸 따라오며
어디 가니 왜 가니 물어대네
종점까지 끊었지만
어디서 내릴지 나도 모르겠고
무작정 나섰으니 목표도 없어
눈 흘기고 외면했더니
니 맘대로 하라는 듯 뒤로 빠지네

떠들썩 와자지껄
짭조름 젓갈냄새, 강경이라네
검표원도 홍익아저씨도 보이지 않아
삭막하던 객실
질박한 사투리로 활기 넘치네

눈 덮인 들판 가로지르고
굵은 산허리 거침없이 뚫고
얼어붙은 강기슭 가볍게 훑으며
직선으로 곡선으로 달리는 이 즐거움, 통쾌함
이리저리 흔들려도 마냥 좋으네

마늘

남편의 고향에 갔다
숙모님이 마늘을 까시는데
호두알만 한 것이 쪽은 스물도 넘는다
나도 자랄 때 저런 마늘을 깐 적 있다
싫증나고 손톱 밑 아려
쥐젖 같은 것들은 마당 가에 버렸다

그새 다 깠니?
마늘이 원체 작아놔서 한 됫박도 얼마 안 되네
애썼다 고구마 쪄놨으니 먹어라
어머니의 다정함에 뒤가 켕겼다
이듬해 봄
두엄 위로 여봐란 듯 일어서는 초록이들
눈치 없는 그것들의 출현으로 뒤늦게 야단맞던 일
문득 생각나 피식 웃는데
숙모님, 까던 마늘을 입에 넣으신다
일손 돕던 내가 놀라 쳐다보자
고소하다네 자네도 먹어볼랑가?
그러면서 또 아그작 쩝쩝

요렇게 작은 것은 날로 먹어도 괜찮나?
미심쩍어하면서 새끼손톱만 한 것을
호기롭게 씹다가 죽는 줄 알았다
숙모님 빙긋 웃으시며
자네 창시는 우덜과 다른갑네
내는 암시랑토 않은디

엔랴쿠지*

빗방울 서성이는 히에이산*
키 솟은 삼나무 숲 저 아래
강인 듯 길게 누워 큰 산 품은 비와호*
넓고 긴 벌판에서 숯 굽고 풀무질하고
가축 기르고 물고기 잡으며 농사짓는
조선 유민들의 환영幻影

백제를 도우려고 백촌강*에
이만오천 군사 파견했다 패망한 텐치왕*
오쓰신궁에 신神으로 남아
아직도 나당연합군 호령하네

콘본츄도* 뒤 오래된 숲에는 삼족오 후예들 설치고
숲 길목마다 지장보살 석불님들
이국 여인네 구경하시려 염불도 쉬시는데
살짝 들춰 본 빛바랜 붉은 치마 속
잡귀도 흥미 없어 얼씬 않겠네

궂었던 날씨 개어 가벼운 걸음
수십 층 돌층계 위에는

완도군에서 건립했다는 웅장한 검은 대리석
淸海鎭大使張保皐碑*
머릿돌은 용의 형상
받침돌은 거북이를 조상彫像했네

일본 속에 백제가 있네

* 엔랴쿠지 : 신라 고승 최징最澄이 창건한 천태종 본산지. 히에이
　　　　　산은 엔랴쿠지를 상징하고, 엔랴쿠지는 히에이산을 상
　　　　　징함.
* 히에이산 : 일본 천태종의 총 본산지가 있는 산. 일본 불교의 모산母
　　　　　山으로 불림.
* 비와호 : 일본에서 가장 큰 담수호.
* 백촌강 : 지금의 부여 백마강
* 텐치왕 : 본래는 백제인. 일본 38대 왕(661~671 재위)
* 콘본츄도 : 일본의 국보. 히에이산의 제1불당.
* 청해진대사장보고 : 신라 흥덕왕 때의 무장武將

왕인박사 묘를 찾아서

오사카부 히라카타시 이코마산 기슭
깨끗한 동네 옆으로 난 길을 따라 올라간다
전나무 무궁화나무 사철나무 동산
500평 규모의 왕인박사 묘 앞
그리움과 기원을 담아 대한해협 바라보는
검회색 솟대가 눈에 띈다

입구에 세워놓은 정자 기둥에는
다녀간 한국의 유명인사들 이름이
천장에는 왕인박사가 가지고 간
기초한자 천자문이 붓글씨로 적혀 있다

현지 관계자의 설명을 듣고 있는데
갑자기 동산에 바람이 분다
정원수들 모두 영접하는 걸 보니
유람하던 박사가 온 모양이다

일본 학문의 시조이자 아스카문화의 원조
유골도 유물도 없는 빈 무덤이지만
일본 왕실의 사부였으며 태자들의 스승이었던
백제 근초고왕 때의 영암 출신

존숭하는 영혼을 모시는 것만도 영광이라며
앞장서 가꾸고 보존한다는 이 마을 주민들
한국인들의 정서로는 이해가 잘 안 되는 문화다

평대리 조상나무

북제주군 비자림榧子林에 왔어요
무슨 천형의 죄를 얻어 한쪽 몸에 벼락을 맞고도
천년 일월日月을 저리 꼿꼿이 살아가는지
장한 위용에 감탄합니다

5층 건물 높이에 너더댓 아름
만고풍상 겪어낸 어른 나무답게
크고 작은 후손들 돌봐주며
족속 다른 식물들도 보듬어줍니다

어릴수록 사랑스러운 것이 사람이라면
늙을수록 멋진 것은 나무라지요?
한 몸에서 예닐곱 일가를 이뤄
가지 뻗고 열매 뿌려 싹이 나면
모목母木이 밤마다 기를 보내 준다네요

옛이야기 들어보려 우람한 가슴에 귀 대 보니
혈맥 소리가 열일곱 소녀 소리 같아요
허송세월한 속내 들킬세라
가만히 물러납니다

다시 호암지에

꽃무릇 패랭이꽃 언덕에 앉으면
한눈에 들어오던 반원형 풍경
소나무 참나무 오리나무 동산
그 동산 자락 희롱하듯 출렁이는 호수
홍옥 국광 인도 딜리셔스들이 익어가던
풍금소리 과수원
방죽 너머 중원군의 드넓은 농경지
산이 험해 달도 숨는다는 월은산月隱山
아스라하던 농가들

'눈이 내리네'를 휘파람 불던 눈사람도
스피드스케이트 즐기던 스무 살 아가씨도
이제는 오래된 그림

칸델라 불빛 신비롭던 호숫가에서
데크목 다리로 안쪽까지 걸어보네
개구리밥 생이가래 한들거리는 물속에서
몇 쌍의 쇠오리와 청둥오리들
물구나무서기로 배 채우다 말고
누굴 찾느냐는 듯 나를 빤히 쳐다보네

백령도

그곳 그 길목에
우리들 발자국 머물러 있을까
바다 향기와 소금기에
시간을 묶어놓고
열댓 친구들 윷놀이로 지샌 밤
바다와 하늘의 경계에서
백령도와 장산곶 사이에서
심청이 전설은 살아 돌아오고
인당수 모든 순간들
파도로 일어서고 있었지

죽은 식물도 살아나게 하는 플로라
콩나물대가리만 봐도 기분 좋다는
음악의 여신 세이렌
언어예술가 아테네
캠핑장에서 불 잘 피우는 헤스티아
다들 안녕하신지

은빛학교

남의 일인 줄만 알았더니
어느새 노치원생 되었네
젊고 상냥한 집사님들 도움받으며
율동 노래 게임 만들기 색칠공부 넌센스퀴즈
영화까지 보고 나면
주방에서 올라오는 맛난 냄새
어서 오세요 맛있게 드세요 뭘 더 드릴까요

바닷가로 공원으로 강변으로
봄가을 소풍도 가서
윷 놀고 보물 찾고 사진도 찍으며
진수성찬으로 입마저 호사하니
서글픈 듯 즐겁고
즐거운 듯 부끄럽네

2부

기억 속의 그 집

기억 속의 그 집

귀퉁이 떨어진 지붕 위에
참새도 똥을 싸며 우습게 보던
길모퉁이 작은 집

2남4녀 형제들 화단의 채송화처럼
옹기종기 모여 노랑 분홍 꽃잎 키우던,
셋집 전전하다 처음 생긴 우리 집

검정 송판울타리 위에 붉은 노을이 걸리고
마당 한구석에 족두리꽃 그림자
길게 내려앉던 집

밤이면 다락방 창 앞에 별들이 몰려와
벽에 기대앉아 아나운서 흉내 내는 소녀를
한참씩 엿보며 재미있어하던 집

아직도 길을 가다 족두리꽃을 보면
문득 생각나는 충주시 지현동 ○○○번지
사춘기 때 그 집

안녕 서달산

짐 매어 놓고 뒷동산 오른다
사당동과 흑석동을 아우르는 야산
오른쪽 고개 아래는 국립현충원
왼쪽 산 밑은 상도동 가는 길

박새 직박구리 소리 들으며
도토리도서관 쪽으로 가다 보면
초라한 책장 하나 보초인 듯 서 있고
애기 나비 하나 잡아놓고 해종일 베 짜는
노랑독거미도 보인다

병꽃나무 괴불나무 청가시덩굴 틈에서는
뜨내기 해당화 한 그루 해종일 얼굴 붉히고
소나무 잣나무 삼림욕장 지나면
주인 없는 새들의 아파트도 있다

아침노을이 찬란한 현충원
저녁노을이 황홀한 서달산 동작대銅雀臺
꽃보다 화려한 단풍 숲
씨 뿌려 돌보던 메리골드 언덕도
어느새 그립다

달의 눈물

저 달의 은은한 미소
숨겨진 비밀
누가 알겠는가

바람은 구름에게 소근대지
별들 사이에 돌고 있는
그 이야기를 아느냐고

사람들은 남의 슬픔
알고 싶어 하지 않아
그래서 웃는 가면을 좋아하지

가면은 피부가 되어
근심이라곤 없어 보여
귀뚜리나 바퀴벌레는 알까

아픔과 사랑, 악하고 추한 흔적
모든 것 씻어주는
달의 눈물

봄이 오면

너랑 나랑 솜털 보송하던
어느 겨울방학 때
봄 오면 진달래 꺾으러 가자,
쑥도 뜯고 냉이도 캐자 했지
그땐 그게 뭐 별거냐 싶었는데

너와 나 나이 들며 사는 곳 달라도
봄은 해마다 찾아왔지
빈 밭에 냉이, 얼굴 납작 내밀고
들판마다 뽀얀 참쑥 지천
앞 뒷산 잡목 사이사이
연분홍 진분홍 진달래 꽃불
먼 데 기암절벽마저도 선홍의 피 돌아
가슴 쿵쿵 뛰지만
너는 몸이 바쁘고 나는 맘이 어지러워
그 약속 잊고 살았지

이제 여유를 찾았나 했더니
산비알 오르내리고 쭈그려 앉을
무릎이 없네

문평댁

영리하고 인물 곱던 열일곱 살 처녀
복사꽃 환하던 날
스무 살 헌헌장부軒軒丈夫와 백년가약 맺었네
사흘 밤 운우지정에 볼이 아직 붉은데
남의 나라 전쟁터에 낭군님 빼앗겼네

각다분한 살림살이 손톱여물로
여남은 식구들 지성으로 섬기며
새벽하늘에 무사안녕 빌었더니
삼 년 만에 돌아와
논 사고 밭 벌어 애옥살이 면했네

분粉통만 한 방에서 일곱 해
맏자식 일곱 살, 작은 자식 태중에 있는데
뒷산 소나무맹키나 일 많은 신랑을
이번에는 저승사자가 데려갔네
영영 다시 못 올 곳으로

집안일 농사일 고단해도
밤에는 베를 짜 무명천 만드는데

무색옷 고운 옷
동백기름 연지분 모르고 살아도
밤이면 싸리울 기웃대는 뻐꾹새들

효부상 장한어머니상, 그게 다 무슨 소용인가
장에라도 갈라치면 이 저 눈총 따갑더니
시모님 여든에 시부님 아흔셋에 칠성판 지시고야
묶인 돼지 신세 면하고
백두산 여행, 비행기도 타 봤네

천지에 봄빛 흐드러지던 날
뇌졸중 진단받고
봄여름가을겨울 칠팔 년 갇혀 살다
여든 앞둔 신년 초하룻날
맏며느리 손잡은 채 눈감으셨네

밉고도 보고팠던 낭군님 만나 비익조比翼鳥 되어
세상천지 방방곡곡 원 없이 날으실까

추억의 방

뚝배기머리에 구호물자 세일러복
동요를 입에 달고 살았지
음정 박자 불안하면
한 소절씩 가르쳐주시던
아버지 사랑

책상 위에서 오뚝이도
마당에서 밀짚모자 눈사람도
앵두 따다 목에 거는 아가도
엄한 듯 자상하던 아버지마저 가뭇없으신데
눈망울 초롱초롱하던 세일러복 혼자
머리에 백설 이고 여기저기 기웃대네

청춘의 빛

꽃잎처럼 날아온 미소
송이 꽃 되더니
사랑의 화폭
아름 꽃다발이네

빛으로 오는 미소
눈에 삼삼
달콤한 장난말
귀에 앵앵

그 없는 곳에서도
눈앞 얼쩡거리고
귓전 간질이네

빚을 갚는 것도
빗장을 거는 것도
빛처럼 빠를 수 없었네

그 겨울의 매산梅山

사방팔방 높고 낮은 산들 겹겹
변화무쌍한 하늘만 보이던 이류면 매산
한겨울이면 깊은 밤과 새벽
쪼갬목 한 아름과 통나무장작 몇 개씩을
이 방 저 방 때 주시던 아버지

바람벽은 네모진 공간을 겨우 막아줄 뿐
밤새 빙벽이 되어갔고
잠들기 전 뜨거웠던 방바닥 싸늘해져
춥다고 꽁알대는 우리들 잠꼬대에
한 번 더 불 지피시는 아버지 사랑은
아늑한 자장가

함석지붕이어서
고래가 잘못 놓였거나 구들장이 얇아서
외풍 센 홑집이어서 그랬을까
아랫목은 검게 타도
윗목에선 자리끼가 얼었지

아침이면 엄마의 밥 짓는 열기로
방 안 훈훈해져
성에 낀 바람벽 은하수처럼 반짝이면
쓰레받기로 긁어 놓고
방에도 눈이 왔다며 깔깔대다
벽지 찢어놨다고 야단맞던 철부지들

천하무적 겨울장군 제아무리 겁을 줘도
엄마와 우리 육남매
포근히 잠들었다 거뜬히 일어날 수 있었던 것은
우리 집 하나님, 아버지 덕분이었지

사랑의 기쁨

그대 내 안에 들어오고
무채색 일상이 영롱해졌어요
바람은 부드럽게 이마를 어루만지고
여뀌나 고마리는 신비로운 꽃이 되었어요
그대는 마법사인가요
비바람 몰아치는 들길을 걸어도
그대와 함께라면
꽃마차 타고 축제에 가는 기분이에요
그대의 웃음
그대의 음성
그대의 손길
내게는 모두가 선물
삶의 묘약이에요

칠순 아침에

손가락이 허전하다
아이 때는 내가 만든 토끼풀반지 있었고
처녀 때는 나비가 준 14k반지
결혼할 때는 신랑한테 순금반지
중년 때는 내가 사 준 액세서리반지
회갑 때는 친구가 '正根'반지 사 줬는데

한나절도 못 가던 풀꽃반지
볼 때마다 설레던 애인반지
속박을 암시하던 가시버시반지
헛헛함 채워주던 가짜 보석반지
공덕 쌓으라던 우정의 은반지들

다 어디로 가고
굵고 쭈그러진 손가락엔
깊은 연민만
오늘은 내가 옥가락지 하나 사주리라

이즘도 · 4

전쟁 기근 지진 홍수
가뭄 태풍 해일 폭설
어지럽고 황폐한 온갖 재난의 세상에서도
달관한 듯 초연한
나의 섬
향기 뿜는 피안의 섬

어둠 속 한 줄기 빛 가끔 찾아가
바람의 노래에 내 노래도 실어
파도와 이야기 나눈다
외로워 보이지만
생명력 넘치는 섬

햇살에 반짝이는 물고기들의 자맥질도
끼룩거리는 바닷새의 노래도
슬픔 아픔 번민 쏟아내고
기쁨 희망 기대로 채워주는
내 사랑 이즘도

추석 무렵

엄마가 오일장에서 끊어온 포플린과 옥양목은 내 주름치마와 블라우스, 미취학 아우의 '간땅꾸'가 되었지 미리 입어 휘지르지 못하게 감췄다가 당일 새벽 싸리울에 널어 촉촉해지면 숯불다리미로 꼼꼼히 다려주시던 엄마

더도 말고 한가위만 같으랬던가 명절 쇠고 나면 교실이 환했지 허구한 날 안질로 고생하던 철이 눈은 햅쌀밥에 소고기뭇국이라도 먹었는지, 밤 대추 능금 송편도 먹었는지 말짱해졌고, 허옇게 버짐 피던 난이 얼굴은 윤기마저 돌았지

입성도 바뀌었지 땟국으로 번들거리던 남자애들 잠방이는 노란 무궁화단추 학생복이거나 무명 겹바지 저고리에 조끼로 바뀌고, 여자애들은 깡동치마 홑적삼 대신 종아리 덮는 도톰하고 보드라운 뉴똥 치마 저고리

선생님들도 멋지고 고우셨지 노타이차림이던 남선생님들은 까마말쑥한 양복에 댕기를, 홍일점 여선생님은 항라 노방 깨끼옷 대신 모본단 한복. 추석은 벌거숭이이던 발에 양말을 신고 여름옷을 간절기로 바꿔 입는 시점. 나일론양말이나 새 고무신만 생겨도 싱글벙글하던 1950년대 농촌아이들, 작은 것도 소중히 여기며 고마워하던 순진무구한 동무들이었지

그리운 펭귄

1970년
남극의 신사 황제펭귄이
흑백 티브이 모델 되어 우리 집에 왔다
한쪽 팔은 차렷 자세
다른 팔은 옆으로 쭉 펼치더니
허리를 굽히고 점잖은 목소리로
"에스비카레!"

검정 바지 흰 와이셔츠 아버지가
출근하시려다 배를 쑤욱 내밀고
똑같이 따라하셨다
앉아있던 우리들
쓰러지며 웃었다

흰 강

눈 덮인 길
은별 내리는 밤
세상이 잠들 때 밤은 깨어나
달빛 아래 얼어붙어 조용히 숨 쉬는
흰 강을 건넌다
창밖에선 눈의 속삭임
밤하늘엔 별빛 연주 꿈으로 흐르고
포근한 이불 속에 기대앉아 마시는
차 한 잔의 위로
밤의 품속에서 꿈을 그린다

넉넉하고 포근한 겨울밤
세상의 어떤 노래와도 바꿀 수 없는
눈과 별, 바람이 주고 간 시를 읽으며
아늑한 평화를 누린다

남도의 십이월

새벽 들길을 걷는다
고등어 빛깔의 하늘 아래
삽상한 공기
초록으로 일어서는 양파 보리 마늘
빈 밭에는 달래와 냉이도 지천이다

당숙 댁 몇 집 건너
남편이 나고 자란 옛집
조부님 저금나시며* 지었다는
백 년 전 초가삼간
목하 무너지고 있는 중

반세기 전,
진홍 갑사치마에 반회장 흰 저고리
하얗고 조그만 에이프런 차림
손수건으로 긴 머리 묶은 충청도 새색시
봉당 위에 서서 들판 바라본다

뒤란 대숲에서 바람 한 무리 달려 나와
산당화 진홍 꽃꼭지 살피더니
내게는 알은 체도 않고 사라진다
흙담 아래 흰 민들레
쓸쓸히 웃는다

* 저금나다 : '장가들며 살림나다'의 전남 사투리

충격요법

초등 1학년은
학교에서 돌아오면 할 일이 많았다
진달래와 찔레순도 꺾으러 가야 했고
각시풀 뜯어 신랑각시도 만들어야 했다
솜털 보송한 버들개지 잘라
호드기도 만들어 불고
동네 언니오빠들과 남의 밭
풋 밀과 풋콩도 구워 먹고
오빠 방패연 미루나무한테 주고
꿀밤도 푸짐하게 먹었다
제사 때만 쓰는 귀한 양초 화로에 녹여
뜨거움 참아가며 매화꽃 만들다
눈물 쏙 빠지게 야단도 맞고
엄마 피해 도망치다
친구네 뒷간에 다리 하나 빠져
죽을 뻔도 했다
이웃집 부뚜막에서 쑥버무리도 훔쳐 먹고
뱀이 있었을지도 모를 물웅덩이에 들어가
잠자리 시집보내느라
발가락이 허옇게 불어 터졌다

겨울방학 때 아버지한테
까막눈 들켜
이듬해 낙제당했다
그날 흘린 눈물에 힘입어
몇 달 뒤부터는 책 잘 읽는 아이로 소문이 났다

영희

늘씬 몸맨두리
뽀얗고 반짝이는 피부
갸름한 얼굴에 파르스름 흰자위
먹포도 눈동자
날카롭지 않으면서 오뚝한 콧날
꽃잎 두 장 포갠 듯한 입술
희고 가지런한 치아

여고 2년 C시 축제 때는
명월공주 되어
초등 5년생 청풍공자와 경찰오픈카 타고
큰길 골목길 시장 통에 얼굴 알리고
H양산 모델시절엔
총각들 몸싸움도 하게 했지

환갑 진갑 지나서도
핫팬츠 생머리 썬캡 미러나이방
과감한 액세서리도 멋지게 어울린 그녀
걸걸한 목소리는 변함없지만
썰說 푸는 입담은 훨씬 농익어

패설도 유머로 들리고
음담도 해학이 되었지

입 다물면 절색 요조숙녀
입 열면 좌중들 배꼽 춤추게 하니
회비를 받기는커녕 사례비를 줘야할 판
영희 빠진 모임은 시들부들
맹물에 조갯돌 삶은 맛이었지

3부

내 인생에 겨울이

내 인생에 겨울이

만추晩秋인 줄 알았더니 겨울입니다
그간 나는 자신을 위해서나 가족
또는 이웃을 위해 뜨겁게 살지 못했습니다
남에게 상처 되는 말이나 행동을 해 놓고도
당한 것만 생각했고
그늘진 생각, 나태한 생활로
삶을 기쁨으로 수놓지 않았습니다
아름다운 꽃,
실한 열매 조금은 더 맺을 수 있었는데
시간 낭비가 심했습니다
겨울이 다 가기 전
한 뙈기의 마음 밭이라도 갈아엎어
좋은 씨앗을 뿌려야겠는데 너무 늦었겠지요
노지露地에서는 어려울 터이니
비닐하우스라도 쳐야겠습니다

거울

어머니가 오셨다
남들도 봤다고 한다
눈 덮인 고개 넘어
논두렁 밭두렁
실개천도 여럿 건너서

굽은 자세
보따리 몸
불그레 탁한 눈동자
주름지고 찌그러진 눈 언저리
재바르지 못한 움직임
주머니마다 휴지
되묻는 버릇

심란허냐?
너만 때 에미는 더했느니

서울역 옛 시계탑

망대처럼 서서
바쁜 걸음 불러 세우던
서울역의 상징
그 아래서 정다운 눈길 나누던
사랑하는 사람들
무작정 상경한 청소년들을
어디론가 데려가던 검은 그림자

열차를 기다리는 사람들은
설렘으로 빛나고
돌아오는 이들은 피로한 기색
기쁨의 눈물, 슬픔의 눈물
시간 속에 영원히 남아 있을
서울역 시계탑

무골충이

시월 한낮
청옥색 하늘 보며
상쾌한 기분으로 걷는데
찌지직
발밑에서 뭔가 쟁그러운 소리
몇 발자국 가다 돌아와 보니
빨갛고 굵은 어미 지룡地龍이 한 놈
알을 하얗게 쏟아놓고
격하게 몸부림치고 있다
신발짝에도 알의 일부가 묻어 와 있다
길섶에 썩썩 문지르고 집에 가는데
밟혀 죽은 꿈틀이와 부화 못 한 새끼들이
망막을 어지럽힌다

봄날 · 8

봄비 내리는 아침
머리맡 프리지아 한 다발이
잠을 깨웠습니다
톡, 톡, 땅 위를 노크하며
꽃순과 나무를 깨우는 미세한 발자국도
흙냄새와 더불어
내 마음 적십니다
세상의 모든 생명을 춤추게 하는
봄비
그가 주는 선물로
새 희망도 안아봅니다
연두가 성숙한 계절을 열어가듯
당신도 그러할 것입니다

파꽃 · 2

관리사무소 옆
노인정 할머니 방에서
'고향의 봄'이 흘러나온다
커튼이 걷힌 유리창 안
귤을 한 무더기씩 받아놓고
손뼉을 치며 부르시는 노래가
왜 장송곡처럼 들릴까
머리카락도 얼굴도
흐린 달빛 같은
파꽃 한 송이
귤을 그대로 둔 채
실버카를 밀고 나오신다
눈가가 젖어 있다
오래전 내 어머니 같고
머잖은 날의 내 모습 아닐까

파꽃 · 3

땅이 숨넘어가는 동지 무렵
당신은 그 멀고도 험하다는 저승을
붕새*보다 빨리 날아가셨지요
낮게 내려앉은 하늘을 헤엄쳐
어느 심해를 지나셨는지요

젖은 깃을 접고
이제는 고요해지셨나요
그 나라 왕이 박절하지는 않은지요
붙안고 소리쳐 울고 싶었어요
어젯밤 넉 삼 년 만에 오셨지만
우리 사이에 구릉이 있는지
서로 멀뚱히 쳐다볼 뿐
부르지도 달려가 안기지도 못했어요

다시 와주세요
저는 당신께 가지 못해도
당신은 제게 오실 수 있잖아요
푸실푸실 잔눈으로

소소리바람으로

자늑자늑 빗물로 오셔도 알아뵐게요

* 붕새 : 날개 길이가 3천 리이며 하루에 구만리를 난다는 상상의
          새. 북해北海에 살던 곤鯤이라는 물고기가 변해서 되었다
          는 전설이 있음.

작별

거리마다 골목마다
진 데 마른 데 떨어진 나뭇잎들
한 해 동안 즐거움도 시련도 컸으리라
원치 않은 병으로 일찍이 생을 마감한 친구나
살 만큼 살았대도
누구 눈에 띄어본 적 없는 이들
명성을 떨치던 숱한 인물들
때 되면 다 그렇게 가고 마는 것
초승달 바라보는 내 마음도 고즈넉하다

벽

아무도 보고 싶지 않고
아무것도 보이고 싶지 않고
아무한테도 방해받고 싶지 않을 때
네가 있어 참 고맙다

나그네 토끼

계묘년 연초
안양천 뱀쇠다리 밑에
눈이 까만 흰 토끼 한 마리
누가 버렸는지 도망쳤는지
산책객들 신기한 듯 바라본다

예닐곱 살 때 우리 집에도
눈이 빨간 흰 토끼와 재빛 토끼가 있었다
나는 양식 조달꾼
토끼처럼 순한 토끼띠 할머니는
독초라도 있을까
꼼꼼히 살피는 풀 감별사
다산형에 생식력 놀라운 토끼 덕분에
초근목피 시절에도 영양 보충할 수 있었으니
토끼는 우리 집 고마운 가축이었다

며칠 후, 다리 밑 토끼는
올 때처럼 또 그렇게 사라졌다

모과에게

속이 상해도 향기만 내는 너
섹시한 매력이 있거나
여낙낙 달달한 성격은 아니지만
받은 사랑에 보답은 할 줄 알지
연분홍 다섯 잎 꽃으로 올 때는
저 잘났다 난리 치는 잎새들 시샘으로
없는 듯 지냈지만
가을바람 몇 차례 다녀간 뒤로는
황금처럼 너만 오롯하더라
슬퍼하지 마
쓸쓸해하지도 마
미운 오리새끼, 의붓자식,
몇 삼년 묵어도 황모黃毛 안 되는 개털
그래도 난 널 사랑해
곁사람까지 향기롭게 하는 너를

낯선 곳

한밤중에 조부님이 오셨다
손녀였기 때문인지
별 정은 없던 터
조부님은 언제나처럼 검은 양복
나는 후줄근한 일상복차림
눈만 마주쳤을 뿐인데
끌리듯 따라갔다
밤의 도시를 지나 동틀 녘 닿은 곳은
낯선 농촌의 개울 앞
건너편 둑에서 나를 유심히 바라보는
검은 잠바 셋

돌다리를 건너자
갑자기 걸음 빨라지시는 조부님
숨차게 뛰어도 거리는 점점 멀다
찌뿌둥한 하늘 아래 사방 어둑한 숲
저만큼 황량한 운동장 가로질러
3층 건물로 들어가시는 조부님
숨 가쁘게 달려가 현관의 검은 옷 세 여인에게
조부님 인상착의 말했으나

다들 도리질만

건물 전체를 찾아봐도
검은 옷 낯선 이들만 북적일 뿐
조부님은 어디에도 보이지 않아
한참을 서성이다 생시로 돌아왔다

조부님은 왜 나를 거기까지 데려가 놓고
종적을 감추셨을까
그곳 사람들은 왜 검은 옷만 입었으며
말을 못 했을까
나는 어디 갔다 온 것일까

떡

촉촉하면서도 고슬고슬
뼈가 푹 무른 밥을 짓고 싶었는데
정체불명의 음식
떡을 만들었소
아니, 떡밥이외다

기왕에 나선 걸음
밥보다 한 수 위라는 떡에 도전했소
부드럽고 쫀득하고 고소하고 달큰하여
혀에 착 감기는 호박시루떡에 감히

내 욕심이 너무 컸나 보오
두태가 덜 든 듯도 하고
늙은 호박고지가 신선하지 못했던 것도 같고
끈기와 열기도 부족한데다
찜 그릇에도 문제가 있었던 듯
시룻번을 잘못 바른 탓도 있는 것 같소

밥을 지으려다 실패한 떡밥
설기까지 하여 낭패 본 시루떡
쓸어 넣고 물 한 바가지 붓고 끓이면
맛있는 죽粥은 될 수 있겠소?
누가 시키지도 않은 짓
재료와 시간과 연료만 축냈으니
참 한심한 인생이오

그 여인의 망부가亡夫歌

금실지락 유별나면 신께서 질투하시나요
마흔을 겨우 넘긴 당신이 나를 아주 떠나던 날
S병원 영안실 앞마당엔
까만 버찌가 뚝 뚝 지고 있었어요
평생 뒤척일 내 슬픔처럼

공원묘지 까마득한 언덕배기를
허위허위 누워서 가신 당신
이제 안착하셨나요

등불이고 기둥이던 내 사람
그곳도 날이 저물었나요
오늘은 무얼 하며 지내셨나요

한 번도 내 마음 구긴 적 없더니
이제는 잠시도 나를 편히 두지 않는군요
괜찮아요, 당신만 거기 계시면 돼요
우리 "그날 아침 거기서 다시 만나요"*

* 찬송가 480장 '천국에서 만나보자'(교우의 애통함을 보고 쓴 글)

한마음

당신이 붓이라면
나는 복사꽃 향기 품은
종이가 되고 싶소

내가 술이라면
당신은 잔이 되어
천천히 마셔주오

먼 훗날 당신이
봄 하늘 구름으로 오시면
나는 꽃비로 내리겠소

고백

누구는 하늘을 우러러
한 점 부끄럼 없다 하고
누구는 아는 것도 가진 것도 지혜도 많아
그물에 걸리지 않는다지만
이도 저도 아닌 나는
범칙금 한 번 내 본 적 없다
들키지 않은 덕분이지

세상을 살아가는 데도
그분만으로는 행복하지 않아
다른 것으로 채우려 하지
오물을 품고도 회칠한 무덤 같고
어벌쩡 미혹받기 잘하는 나
바라는 것은 많지만
베푸는 손은 조막손이지

4부

밤이 길어졌어요

밤이 길어졌어요

어머니,
상강霜降이에요
어머니가 그토록 두려워하시던
동짓달 긴 밤이 저기 오고 있어요
이제는 밤이 길든 짧든
봄 지나 겨울 오고
가을 뒤에 여름이 와도 상관없겠지만요
여기서 많이 고적하셨으니
거기서는 부디 즐거우시면 좋겠어요
생전에 주름진 마음
한 자락도 펴 드리지 못한 것
용서해주세요
어머니를 생각하면 너무나도 안타까워
부칠 수 없는 글월
무릎 꿇는 심정으로 올립니다
모쪼록 어머니가 지극히 섬기시던
그분 은덕으로
모든 허물 용서받으시고
평안하시기만을 축원드립니다

내게는

속절없는 아네모네와
예민한 촉각의 미모사가 있다
표정에 생기를 주는 마법의 물질은
거울 앞에 조신하고
곶감꼬지, 자녀손들의 소곤거림, 지인들의 격려
화석化石이 된 달달한 편지들
서랍이 풍성하다
심연深淵에는 죽은 화산에서 비틀비틀 올라오는
가늘고 희끄무레한 연기도 있고
먼먼 기억의 중심에는
흰 별이 되신 부모님이 계신다

마녀의 집

맵고 짜고 쓴 그녀
시고 떫기까지 해
조곤조곤 깐족이면 쥐어박고 싶어
푸근해 보이지만 속속들이 가시냉골
순한 듯 속 터치고
음전한 듯 고집 센 여자
어쩌다 보이는 수굿한 낯에 속으면 안 돼
오래전 허물을
똥 친 막대기 휘두르듯 하는 그녀

눈빛은 내 안 훑는 최신형 복사기
기억력은 영구 방부제
말씀은 우리 집 경전
한때는 다정하기도 했지만
지금은 아드레날린만

그녀 콧대는 세월도 안 데려가
혜안 밝은 척 주식을 하는데
샀다 하면 초록불
팔고 나면 빨간불

오늘은 큰맘 먹고
"나는 하늘이다!" 했더니
값도 안 쳐주는 하늘 실컷 하라며
콧구멍으로 바람을 핑~

시름시름 비 오는 이 저녁
내 속도 척척해
동네 육교에 올라가
기죽어 숨은 개밥바라기나 불러볼까

시월을 기다리며

여름 끄트머리
초록을 잡고 있는 나무들
그 사이로 부는 바람이
가을의 서정을 느끼게 한다
길게 흐르는 구름은
하늘의 수묵화
그림자로 펼쳐진 감성의 무대
산책로 긴 의자를 독차지하고
가을 향기를 상상한다

아픈 친구 같은 잎새 위로
장구개미 한 마리 오락가락
길섶 삘기도 지친 눈으로 쳐다보는데
농촌체험장, 통통하게 살진 벼들은
막바지 열정 발산하는 태양을 향해
고맙다, 더 뜨겁게 익혀 달라 연신 절을 한다
네 도착 알리는 찬가 들리면
축배의 잔 들어 올리리

너는 · 1

변화무쌍하지
하얗다 빨개지고
물인 듯 불도 되지
동그랗다 모가 나고
꿀인 듯 칼도 되고
빛과 어둠 교차할 땐
청맹과니도 되지

구로G페스티벌20

구로동 하늘에 드론이 떴다
두어 대가 간단없이 배회한다
인기가수들의 멋진 무대
그들을 보려는 수많은 인파들

나도 드론이 돼 본다
솟구쳐 오를수록
구로동은 내 날개 아래 엎드리고
노랫소리 환호소리 시끄러운 소음들
아스라하다

비를 물고 있는 구름을 뚫고
은하수가 윤슬처럼 반짝이는
광대무변한 하늘로 들어선다
크고 작은, 파란 하얀 노란 붉은
별들의 마중을 받으며
높이 더 높이 올라간다

땅인지 하늘인지 바다인지
아름다운 세계
렌즈를 줌으로 당겨 본다
아, 젊고 순박했던 어머니
자상하시던 안경잡이 아버지
시앗을 보고도 미소 잃지 않던 할머니
……
지상으로 내려온다
그새 구로동 축제는 피날레를 장식하는
화려하고 장엄한 불꽃놀이로 관중들을
신묘불측神妙不測한 열광 속으로 몰아넣고 있었다

노인

거울 속 세월의 흔적
살아온 날의 이야기
머리카락 흐릿한 것은
삶의 무게
얼굴은 하현달빛
긴 여정 속 기억들은
그림자로 맴도는데
문득 가슴 저릿한
젊은 날의 한 생각
주어진 길 제대로 걸어왔는지

때때로 무너지려는 마음
추슬러 세운다

저 여편네

점멸등도 아니면서
잘도 깜빡이는 정신머리
나이 탓뿐이랴만
별수 없다는 조짐이지
그제는 고구마를 찌다가
어제는 밤을 삶다가 태웠더니
매캐함 가시지 않네
장애인 솥단지와 내다 버린 냄비들
줄 서서 달려오는 꿈꾸다
허둥지둥 잠 깬 아침

거울 앞에서

눈앞에 펼쳐진 또 다른 세상
내 모습 반영하는
차디찬 유리
저 속에 비친 눈동자는
추억과 꿈을 담고 있네
가끔 웃음으로, 때론 눈물로
망팔의 이야기 들려주네
거울은 진실을 말하기도 하지만
마음은 숨기기도 하지
저 사람은 나일까
진짜 내 모습일까

밤비

초겨울 새벽 3시
어제부터 오는 비
아직도 오네
허리도 안 아프고
졸리지도 않은지

평안할 땐 저 소리
정답기도 했는데
너와 불화한 이 밤은
내 안 후비는 고드름

비가 내리는 곳은 밖인데
젖는 것은
나

봄비

봄을 다지는
비가 옵니다

속삭이듯 조용한
그대의 비가悲歌

혹여 발목 잡힐라
꿈에조차 인색한

백 년도 안 된
별리別離

나 아니야

가족 모임 사진을
휴대폰으로 찍었는데
암만 봐도 나는 없다
하나하나 짚어보니
이건 누구 저건 누구
다 임자가 있는데
한 노파만 주인이 없다
그럼 이게 나라고?
내가 이렇게 생겼다고?
대체 어느 망령이
심술을 부려놓은 거야
아니야, 나 아니라고!

눈이 내리네

눈발 속에 따라오는
아련한 날들
젊은 날은 먼 하늘 아래 머물러 있고
주름진 눈은 깊어지네

땡볕 아래서
목마름 견딘 날들
밤하늘의 별 같네

피는 꽃이 예쁘지만
빈 자리 지키는 열매는 더 소중해
흐르는 강물도
흔들리는 나뭇잎도
삶을 다독여주는 자연의 선물

늙어가며 바라보는 세상은
참마음으로 웃고 울 수 있는
깊고도 오묘한 바다

내 안에 들어와
생채기 내던 저 눈사람은
진주가 되려는 걸까

배순자 권사

배 권사, 당신 성미가 이리 급했소?
언제 봐도 너그럽고 느긋하여
맘에 안 드는 이도 무던히 참아주더니
어찌 이리 황망히 간단 말이오

답답하다며 혼절했을 때만도
수술 잘 이겨내고, 잠시 다녀온 하늘나라
여행담이나 들려줄 줄 알았는데

의식 잃던 날 오전,
교회 메주 쑤느라 과로한 게 분명하오
하여 우리 모두 죄인 된 심정이오
칠순 되자마자 앓지 않고 갔으니
축복이라는 이도 있지만
갑작스러운 비보에 나는 말문이 막혔소

당신을 납골당에 모셔드리고 하늘을 보니
배 권사, 당신은
황사 가득한 거기서도
모란꽃처럼 웃으십디다

잘 가시오

S교회 장수將帥이고 나의 멘토이던 배 권사,

천국에서 영생복락 누리세요

미리 보는 인생 결산

겨울 문턱, 길어진 생각의 꼬리
웃은 날보다 침울한 날이 많았고
정직한 비평가의 찬사는커녕
날 선 시험대에 올라보지도 못했어
지인의 빈정거림에는
역지사지易地思之하지 않았어
지역사회의 불편한 점을 건의하거나
동네를 위해 봉사한 적도 없고
최선을 다한 남의 작품 부러워는 하면서도
창조할 실력은 쌓지 못했지
건강한 아이를 둘 낳아 성장시켰지만
태중에서 잃고, 갓난이 때 잃고, 낙태도 몇 번
보람과 슬픔 씨줄날줄이야
피가 더웠을 때는
황새에 맞서는 조가비처럼 아등거리기도 했고
내 아이들과는 사랑을 나눴지만
인류를 위해서는 인색했어

오늘 밤 나는 내 인생의 중간 결산을 보고 있어
화려하지는 않지만 의식주 걱정 없고
옆지기와 실없는 소리로 웃기도 하고
자식들 두루 무탈한 듯하니
대인大人의 길은 못 닦았어도
서민의 복은 누리지 않았을까

내 삶, 성공일까 실패일까

우리 동네 안양천

악취와 오물로 유명했던 안양천
70리 벚꽃길
제방 아래 피고 지는
수백 종 꽃과 원예작물들
다양한 체육시설
천국이 다됐지요

속이 들여다보이는 물속에서는
크고 굵은 잉어들이 한가로이 노닐다
격투인지 달리기인지 운동회도 하고
산란기 맞은 숭어들은 눈 호사도 시켜줘요
큼지막한 자라, 얼굴 내밀다 잠수하면
물방개와 소금쟁이들 '그리웠다' 글씨 쓰며 지나가지요

떡붕어 파충류 민물고기 넉넉해
여름이면 쇠물닭 뜸부기 갈매기 논병아리 마실 오고
겨울철에는 물총새 원앙이 흰죽지도 볼 수 있어요

눈 오는 밤

눈 내리는 창가에 서 있는
늙은 아이
눈동자에 추억이 고여 있네

미끄러지고 장난치며
걸어가는 청춘들
저들도 눈 오는 밖을 내다보기만 하고
돌아다닐 생각 접는 날 올까

앞 동 거실에서는 파티라도 하나 보네
여럿이 손뼉 치며 웃는 화목한 모습
눈도 기웃거리며 내리네

5부

눈 오는 저녁

〈동시〉

화이트 크리스마스

눈이 펑펑펑 와요
앞집 거실에서는
별나라 꼬마 등이
둥글게 손잡고
반짝반짝 깜빡깜빡
춤을 춰요
예수님이 오셨나봐요

눈 오는 저녁 · 2

아이들이 깔깔 웃으며
눈을 굴려요

어두워지고 눈도 그쳤는데
눈사람만 남아 있어요

얘, 너도 집에 들어가고 싶지?
우리 집으로 갈까?

아니야
난 추워야 더 힘이 난단다

의젓한 모습
우리 형 같아요

심술쟁이

눈사람 가족을 만들었어요
해님이 빙긋 웃기에
나도 싱긋 웃었지요

옆 동네 할머니 댁 갔다가
오후에 왔어요
눈사람 잘 있는지 궁금해서
막 뛰어왔어요

아가는 많이 아파 보이고
아빠 엄마는 울고 있어요
미운 눈으로 해님을 보니
구름 속으로 쏙 들어가네요
나한테 미안한가 봐요

천국

수아 할머니 천국 가셨대요
천국 가는 건 죽는 거지요?
할머니도 천국 가실 거예요?
그냥 여기서 우리와 살아요
천국은 좋은 곳 같기도 하지만
가시면 슬플 거 같아요

난 아저씨가 아니에요

할머니, 어린이날이에요
그래, 장난감 사러 가자

(옆에 있던 엄마가)
많은데 뭘 또 사?

내가 떼쓰는 거 아니에요
할머니가 약속하셨어요

(엄마가 또)
그래도 괜찮아요 했어야지

내가 뭐 아저씨예요?
난 여섯 살 어린이예요

내 꿈

내 꿈이 뭔지 알아요?
얼굴 예뻐지게 하는
성형외과 의사에요

울 함머니 요새 찌그러졌어요
오늘 밤 자기 전에 기도할래요
함머니 자꾸 찌그러지지 않게 해 달라구요

나도 이담에 함머니처럼 될까요?
지금은 아무렇지 않고
요렇게 예쁘기만 한데요

네 살

초인종을 눌렀더니
통 통 통
귀여운 발소리

보드레 탱탱한 볼에
사랑부터 찍고 소파에 앉으니
할미 가방 뒤적이는 손

"오다가 가게 못 봤어요?"
"봤다"
"담부터는 엘리베이터 타기 전에
잊은 거 없는지 잘 생각해 보세요"

6부

꼴뚜기장수

〈수필〉

꼴뚜기장수

　　모친은 정에 약했다. 오일장을 전전하는 이웃
여자의 빚을 알선해 주고 그 대가를 혹독하게 치르셨다.
콩고물이라도 떨어질까 싶어서였는지 모르지만 예상은
현실을 참혹하게 만들었을 뿐이었다.

　부친이 J교육청 학무과장으로 나가 계실 때였다. 수중
에 없으면 그만이지 부친의 사범학교 동기생 댁으로 데
리고 가 그 댁 부인의 구렁이 알 같은 돈을 꿀 수 있게
해주었다. 그 액수가 얼마였는지 나는 모르지만 상당했
던 듯하다. 그래도 두 달이면 갚을 수 있다 하니 크게 걱
정 안 하셨을 것이다. 그런데 그 아낙이 상환 약속 전날
밤 온 식구들과 야반도주를 하고 말았다. 소문은 통 트
기 무섭게 동네에 퍼졌고 그 소식을 들은 부친 친구 부인
이 식전 댓바람에 달려와 모친을 대문 밖으로 불러냈다.

　사색이 되어 들어온 모친은 잠시 혼절했다 깨나셨다.
걱정하는 우리 형제들에게는 잠시 어지러웠는데 괜찮다
하셔서 초등생 둘, 중등생 둘, 고등생 둘은 안심하고 등교
했다. 나중에 알았지만 아침 일찍 찾아온 부친 친구 부

인이, "댁을 보고 빌려준 것이니 댁이 당장 갚아요. 나 그 돈 없으면 이혼당해요." 라고 숨넘어가는 소리를 한 때문이었다. 그 부인으로서는 당연한 요구였다.

모친은 그날로 급전을 얻어 발등의 불부터 껐다. 부친의 인품이나 사회적 위치로 보아 떼일 염려 없다는 주변의 부추김도 있었겠지만, 모친이 4부 이자 약속을 받아들인 때문이었을 것이다. 그러나 그 일은 코 밑이 타들어가는 새로운 악몽의 시작일 뿐이었다.

우리는 내막도 모른 채 그날 저녁부터 쥐코밥상을 받아야 했다. 특별한 날 아니고 언제는 호식好食했으랴만, 그렇게 날마다 꽁보리밥에 덤불김치, 또는 사흘도리로 죽을 먹기는 처음이었다. 아버지가 생활비를 줄이셨나 싶었지만 모친한테 까닭을 묻지는 않고 입만 댓 발 내밀고 지냈다. 학교에 가지고 가는 도시락만 해도 그랬다. 어떤 친구는 쌀밥만 싸 가지고 와서 친구의 보리알 몇 개를 고명인 듯 얹어 검사를 받았지만, 나는 꽁보리밥이 창피하여 검사 시간에 화장실로 피할 지경이었다. 부친이 집에 계실 때만 제대로 된 밥상이 나왔다.

모친은 수소문 끝에 채무자네 거처를 알아냈다. 하지만 까마득한 비탈길 꼭대기로 찾아갔을 때, 꼬맹이 둘이 밀가루 풀떼기 양재기를 서로 당기며 싸우는 걸 보고는 한숨만 쉬다 나왔다. 나오는 길에 주머니를 털어 구멍가게에서 보름달빵 몇 개를 사다주고 오십 리 길을 걸어서

115

귀가했다. 누구 말마따나 신발값도 못하는 아낙이었다.

모친은 식비를 줄이는 것으로는 빚을 갚을 수 없음을 깨달았다. 자식들이 등교하고 나면 가정용 생활도구, 철사제품을 납품받아 이고 지고 낯선 동네로 행상을 다녔다. 베보자기에 꽁보리밥과 무장아찌를 싸 갖고 다니다 외진 길가에서 허기를 달랬을 터이니 거지꼴이었을 것이다. 그러고도 우리들 하교 전에 돌아와 저녁끼니를 지어야 했으니 얼마나 고달프셨을까.

모친은 미인은 아니어도 피부는 고왔다. 그런데 육체적 수고와 정신적 고통으로 얼굴이 점점 쥐어짠 오이지가 돼 갔다. 그래도 나는 어디 아프시냐고 물어보지도 않았다. 4주에 한 번 오시는 부친이 근심스레 안색을 살피면 모친은 괜찮다고만 하셨다. 그러던 어느 주말 부친이 응급실에라도 가보자 하시니 비로소 흐느끼며 이실직고하셨다. 평소 나직나직 말씀하던 부친이 큰소리를 내자 각자의 방에 있던 우리들은 놀란 얼굴로 모여들었다. 그날 비로소 몇 달 사이 우리 집에 무슨 일이 생겼는지를 대충이나마 알게 되었다.

부친은 도지로 받고 있는 고향의 전답을 팔아 빚을 청산해주고 D군 깊은 산골 초등학교 교장으로 자원해 가셨다. 우리가 살고 있는 C시에서도 교통이 여의치 않는 오지 중의 오지였다. 심정적으로는 이혼을 하신 듯 우리들 등록금과 생활비만 부내주시고 명절에도 오지 않으셨다. 지금처럼 통신이 자유롭지도 않아 아버지 생각으로 우울한 날이 많았다.

그러시던 부친이 내 여고 졸업식 때는 조촐한 꽃다발을 들고 학교로 찾아오셨다. 사진관으로 데리고 가서 기념사진도 찍어주셨다. 엄마와 여동생도 함께했다. 부친은 그날로 다시 가셨고 우리는 울적한 나날을 보낼 수밖에 없었다.

못 뵌 지 1년여 되던 어느 주말, 혼자 D군 산골 초등학교로 찾아간 적 있다. 비교적 깨끗한 사택을 쓰고 계셨지만 고생이라곤 모르던 부친이, 쾌활한 성격에 인물 훤하던 부친이, 궁색한 자취를 하시다니 왈칵 눈물이 솟았다. 예능에 소질이 많은 부친은 퇴근 뒤의 공허함을 퉁소, 만도린, 하모니카로 달래고 계셨다.

부친은 말씀하셨다. "기름진 옥답을 날린 허무함도 크지만 가정이 그 지경 되도록 모르고 있었다니 한심한 애비 아니냐. 네 엄마가 그렇게 돈 욕심이 많은 줄 몰랐다. 어찌 교육자 부인이… 남들 보기 창피해 집엔들 갈 수 있겠니… 아직 네 엄마에 대한 미움이 다 없어진 것도 아니다…" 피를 찍어 내듯 띄엄띄엄 하시는 말씀은 오히려 담담했다. 모친은 모친대로 깊은 자괴감에 빠져 살아도 사는 게 아닌 성싶어 보였다. 자신의 잘못으로 이혼보다 가혹한 별거를 하게 돼 자식들한테도 낯이 서지 않는다며 스스로 '꼴뚜기장수'처럼 풀 죽어 지내는 중이셨다. 그런

두 분을 나는 말없이 지켜보는 수밖에 없었다.

이듬해쯤이던가, 부친이 C시로 발령 나 집으로 들어오시게 되었다. 그러나 모친과 방을 같이 쓰기 뭣하셨는지 부엌 옆에 까대기 수준을 겨우 넘은 작은 방을 지어 하숙생처럼 지내셨다. 그래도 우리는 얼굴에 웃음꽃을 피울 수 있었다. 부친과 모친은 별방만 하실 뿐 여느 부부나 다름없이 지내셨다.

몇 년 후, 세 살 위 오라버니보다 내가 먼저 결혼하게 되었다. 결혼식 전날 밤, 함을 지고 온 신랑 친구들을 비집고 뜻밖에도 채무자 내외가 찾아왔다. 6년쯤 되었을까. 피맺힌 원금의 절반쯤을 신문지에 싸 들고 와 부친과 모친 앞에 눈물로 용서를 비는 부부. 나머지도 힘닿는 대로 갚겠다고 했다. 그들에게도 말 못 할 사정이 있었겠지만 팔이 안으로 굽는다고, 죄 없는 부모님을 그토록 힘들게 하며 우리 가정에 회오리바람을 불게 한 그네들이 이만저만 미운 게 아니었다. 하지만 부친과 모친이 따뜻하게 대해주시는 데 내가 어쩌랴.

빚이 빛이 되는 밤이었다.

* 꼴뚜기장수 : 재산이나 밑천을 모두 없애고 어렵게 사는 사람을
　　　　　　　 비유하는 말.

평설

멸망해 가는 것들을 위한 낯선 길 가기
- 정정근 시 평설

김 봉 군
(가톨릭대학교 명예교수·문학평론가)

1. 여는 말

서정시 쓰기는 본디 행간에 침묵을 심는 원초적 글쓰기다. 서정시(이하 시)의 말하기 방식away of saying은 그러기에 특이하다. 시적 상황에 필요한 말을 필요한 만큼만 해야 하는 화법의 원리를 압축적으로 보여 주는 문학 장르가 시다. 시는 자유 지향의 원심력과 절제 지향의 구심력이 텐션을 조성하는 역학적 긴장의 어름border-line에서 창작의 소식을 알린다.

독자 팬덤을 거느린 〈풀꽃〉 시인 나태주와 극서정시 쪽 민윤기 시는 짧다. 축소 지향적이다. 이와 달리 근대 애송시의 거장 한용운 시는 알맞게 길다. 과도히 길고 텐션이 사뭇 풀린 시들은 독자들을 잃는다.

정정근 시는 한용운 시의 호흡에 친근하다. 수필집 5

권, 시집 4권을 상재한 정정근 작가의 필력은 난숙기에 들었다. 다섯 번째 시집 《눈이 내리네》는 그의 시력詩歷을 과시하기에 충분하다. 따라서 이 평설은 다분히 그의 시업詩業을 상찬하는 쪽으로 균형추가 기울 위험성이 있다. 평설자가 텐션을 추스르고 냉철히 평정심을 가다듬어야 할 때가 바로 이 즈음이다.

시가 말의 예술일진대, 그 말은 얼마만큼 '익숙한 낯섦'으로 독자들의 시혼을 화들짝 일깨우며, 그렇다면 시인은 어떤 심미적 기법으로 침묵을 심었는가? 독자들과 평설자가 밝혀야 할 과제다.

2. 정정근 시의 특성

정정근의 시는 우선 흐름이 순탄하다. 읽을 동기를 유발한다는 뜻이다. 이는 리듬, 소재, 시어詩語, 어조, 기교 등에 걸친, 다면적 숙독close reading이 요청된다.

(1) 리듬

리듬은 본디 시의 본질적 속성이었다. 읊는 시가 아닌 '보는 시'로서의 현대시는 리듬이나 음보로부터 사뭇 멀어져 있는 것이 사실이다. 음절 수 등장성等長性의 원리에 따르는 시조에 음보격音步格이 살아 있고, 이로 인해 시조는 자유시의 위상에 버금가는 것이 사실이다.

　빗방울 서성이는 히에이산/키 솟은 삼나무 숲 저 아래/
강인 듯 길게 누워 큰 산 품은 비와호/넓고 긴 벌판에서
숯 굽고 풀무질하고 가축 기르고 물고기 잡으며 농사짓
는/조선 유민들의 환영幻影 - 〈엔랴쿠지〉에서

3음보, 4음보의 율격을 타고 순탄히 읽히는 시다. 우리
민요의 2대 율격이다.

　꽃무릇 패랭이꽃 언덕에 앉으면/한눈에 들어오던 반원
형 풍경/소나무 참나무 오리나무 동산/그 동산자락 희
롱하듯 출렁이는 호수/홍옥 국광 인도 딜리셔스들이 익
어가던/풍금소리 과수원/방죽 너머 중원군의 드넓은 농
경지/더 먼 곳에는 산이 험해 달도 숨는다는 월은산月隱
山과/아스라하던 농가들 - 〈다시 호암지에〉에서

　역시 4음보와 3음보가 이어받고 곡절을 지으면서, 완
급률緩急律을 띠고 등장성等長性을 유지하면서 전개되는
시다.
　리듬은 시의 화법에서 정서적, 지적으로 중요한 요소
다. (C. 브룩스 등,《시의 이해》, 제4판, 49~51면 참조).

정정근 시에서 리듬은 일관되게 시적 상황 표출에 기여한다. 우리의 호흡과 맥박의 경우와 같이, 리듬은 생명적 요소다. 시가 다시 읽히게 하려면, 시인들은 리듬을 되살릴 일이다.

읽히지 않는 시집, 시의 시체를 매장한 공동묘지다. 시의 문학 현상론적 정의다.

(2) 멸망해 가는 것들을 위하여

무릇 창작이란 낯설게 하기defamiliarization다. 그러려면 소재도 참신해야 한다. 정정근 시인은 다르다. 옛것, 묵은 것, 외딴 것들을 찾아낸다.

> 검정 송판울타리 위에 붉은 노을이 걸리고/마당 한 구석에 족두리꽃 그림자/길게 내려앉던 집//밤이면 다락방 창 앞에 별들이 몰려와/벽에 기대앉아/아나운서 흉내 내는 소녀를/별들이 엿보며 재미있어하던 집
>
> — 〈기억 속의 그 집〉에서

옛 고향집의 정경과 그때의 기억을 재현했다. 들려 주기 화법telling의 말하기 방식a way of saying인 듯하나, 자세히 읽으면 보여주기showing 방식으로 말하고 있다. 서술적 이미지descriptive image로 표상한 시다. 고향의

재발견이다.

　　입성도 바뀌었지. 땟국으로 번들거리던 남자애들 잠방
이는 노란 무궁화 단추 학생복이거나 무명 겹바지 저고리
에 조끼로 바뀌고, 여자애들은 깡동치마 홑적삼 대신 종
아리 덮는 무명치마나 도톰하고 보드라운 뉴똥 치마 저
고리
　　선생님들도 멋지고 고우셨지 노타이차림이던 남선생님
들은 까마말쑥한 양복에 댕기를, 홍일점 여선생님은 항라
노방 깨끼 옷 대신 모본단 한복. 추석은 벌거숭이이던 발
에 양말을 신고 여름옷을 간절기로 바꿔 입는 시점. 나일
론양말이나 새 고무신만 생겨도 싱글벙글하던 1950년대
농촌 아이들, 작은 것도 소중히 여기며 고마워하던 순진
무구한 동무들이었지 – 〈추석 무렵〉에서

　　오래전 우리나라 추석 무렵 풍속사를 재현했다. '땟국
으로 번들거리던 남자애들'이란 격세지감이 드는 농경시
대 우리의 자화상이다. 6.25전쟁의 핏 기운이 사위기도
전인 1961년 5.16정변 당시 우리는 남루했다. 아프리카
가나와 함께 세계 최빈국 사람들이었다. 그래도 남녀 어
린이와 선생님들은 나름의 치장을 하고 명절을 즐겼다.
그때의 풍속도가 생생히 재현된 산문시다. 지금은 멸망
해 가는 것들. 우리 겨레 정체성의 표상들이다.

울릉도 골 깊은 알봉 분지 투막집에/심마니 노부부 살아가네/구름도 휘청이는 산 비알 오르내리다/바깥노인 등허리는 활처럼 휘어지고/염소 몇 마리 키우며 도망도 못 간 꽃순이/호호할미 되었네 – 〈그 섬의 심마니〉

울릉도 심마니 노부부의 일생이 압축적으로 제시되었다. '외양간은 방 옆에 두고 사는/원조 자연인들', '토방 옆 황토벽에는 /포효 삼킨 호랑이 수문장으로 걸려 있는' 토속성이 특히 젊은 독자들에게는 사뭇 낯설 것이다.

욕지도에 갔네/점심때가 기울어 부두에 닿으니/횟집으로 안내하는 친구 내외/여기서만 맛볼/각별한 맛에 접신시켜 주겠다고//(중략)//따끈한 흰밥을/무 넣고 졸인 대굴빡 찌개와 먹는 맛도 그만이고/시력 향상에 좋다는 희고 동글고 꼬들한/눈깔 공략하는 재미도 솔찬하다 – 〈등 푸른 맨살을 탐하다〉

남해 바다 절해고도 욕지도, 경남 통영시의 부속 도서다. 낯선 섬고장 토속 화법을 구사하며 낯선 경험에 몰입하는 시적 자아의 표상이 '익숙한 낯섦'이다.

당숙 댁 몇 집 건너/남편이 나고 자란 옛집/조부님 저금 나시며 지었다는/백 년 전 초가삼간/목하 무너지고 있는 중 – 〈남도의 십이월〉에서

남편이 나고 자라던 옛집이 저절로 무너져가고 있다. 멸망한 것들의 하나다.

　오랜만에 서울역에서/호남선 완행열차를 탔네/밭고랑 같은 철로의 한 코스를 잡아/큰기침부터 질러대고/철거덕철거덕/묵직한 위엄, 보무도 당당하네

- 〈겨울 나들이〉에서

21세기 이 속도의 시대에 시인의 자아는 완행열차를 탄다. 멸망해 가는 것들에 대한 남다른 애착, 느림의 미학이다.

　백제를 도우려고 백촌강에/이만오천 군사 파견했다 패망한 텐치왕/오쓰신궁에 신神으로 남아/아직도 나당연합군 호령하네 - 〈엔랴쿠지〉에서

이제는 일본 사적지로 가서 660년 백제 멸망기의 백강 전투를 벌였던 서사敍事를 품은 시다. 역시 낯선 재현이다.

　오스틴의 보물, 자연사 박물관이/머나먼 시간의 문을 열었다/과거의 깊은 흔적과 현재를 진열해 놓고/낮은 곳에서부터 천장에 이르도록/초생기의 아르젠티노사우루

스를 웅장하게 전시했다/아이들은 놀라움과 즐거움으로 탄성을 지르고/어리보기 아낙은 심장의 박동을 느끼며/ 물과 땅을 지배하는 거대한 발자국을 상상했다

- 〈화석化石〉에서

미국 텍사스 과학자연사박물관 참관시다. 들려주기 화법이 자칫 관념과 추상에 흐를 위기를 해소하는 것이 아르젠티노사우루스다. 낯선 체험이다.

(3) 낯선 모국어 찾기

플로베르주의는 문학 작품 창작에서 절묘히 공명한다. 필요한 곳에는 가장 적합한 말은 하나밖에 없다는 일물일어설一物一語說 말이다. 정정근 시인의 숨어 있는 고유어 구사력이야말로 절륜을 가늠한다.

- 각다분한 살림살이 손톱여물로/여남은 식구들 지성으로 섬기며/새벽하늘에 무사안녕을 빌었더니/ 삼 년 만에 돌아와/논 사고 밭 벌어 애옥살이 면했네

- 〈문평댁〉에서

- 다시 와 주세요/저는 당신께 가지 못해도/당신은 제게 오실 수 있잖아요/푸실푸실 잔눈으로/소소리바람으로/자늑자늑 빗물로 오셔도 알아 뵐게요 - 〈파꽃 3〉에서

• 내 욕심이 너무 컸나 보오/두태가 덜 든 듯도 하고/늙은 호박고지가 신선하지 못했던 것도 같고/끈기와 열기도 부족한데다/찜 그릇에도 문제가 있었던 듯/시룻번을 잘못 바른 탓도 있는 것 같소 – 〈떡〉에서

순수 우리 모어母語,mother tongue 구사력이 두드러져 보이는 작품들이다. 각다분한, 손톱여물, 애옥살이, 소소리바람, 자늑자늑, 두태, 호박고지, 시룻번 등이 특히 젊은 독자들은 낯설어할 순 우리말들이다. 사투리(방언)나 개인어idiolect 중 어느 것이건, 독자들은 시의 맥락을 통해 수용하게 될 낯선 시어들이다. 소통 지연 장치의 하나다. 소통이 사뭇 곤란한 경우에는 각주를 달 수도 있다. 멸망해 가는 우리말 되살리기에 정정근 시인은 귀한 몫을 다하고 있다.

(4) 어조

시의 어조tone는 작품의 제재와 독자, 자기 자신에 대한 시인의 태도를 뜻

청룡 흑룡 날아올랐을 절벽은/ 거칠게 켠 송판을 세워 놓은 듯 말이 없고/강바닥에 귀를 대 보아도/납작 엎드려 강의 속살을 살펴보아도/속속들이 시퍼렇게 멍든 겨

울은/조용하기만 하다 – 〈겨울 조양강〉에서

치열한 어조가 고요한 겨울 강에 침잠해 있다. 어조는 긴장감을 놓지 않는 상황이다. '속속들이 시퍼렇게 멍든 겨울'을 보라.

잔풀들 냉기 뚫는/사월 초/생강나무 산수유 꽃 저물고 나니/백목련이 절정이다/벚꽃 가지엔 어린 꿈 촘촘히 개화를 기다리고/온실에서 갓 나온 팬지들 해바라기하다/느닷없는 재채기 소리에 파르라니 떤다/참선 중이던 왜가리도/수상한 소리에 놀라/커다란 날개 펴고 휘적휘적 날아간다 – 〈현충원의 봄 4〉에서

순국한 영령들의 유택幽宅, 현충원. 죽은 이들의 깊은 침묵, 애환의 일생이 사위에 깃들인 곳. 그 표면에는 산 자들이 생기를 지핀다. 시인의 자아는 죽음과 삶의 경계 지역에서, 화들짝 약동하는 생명체, 왜가리의 비상飛翔에 가담한다. 새는 영혼과 재생의 원형 상징 archetypal symbol이다.

죽음과 삶이 충돌하는 생명과 삶의 모순적 2중률을, 생명적인 긍정의 어조로 담담히 수용하는 자세가 엿보인다.

요렇게 작은 것은 날로 먹어도 괜찮나?/미심쩍어 하면
서 새끼손톱만 한 것을 호기롭게 씹다가 죽는 줄 알았다/
숙모님 빙긋 웃으시며/자네 창시는 우덜과 다른갑네/내
는 암시랑토 않은디 – 〈마늘〉에서

시골 마을에서의 생마늘 먹기, 이색 체험을 제재로 한
시다. 시숙모님과의 관계가 문제인데, 적대적·비판적·공감
적·호의적인가에 독자들의 관심이 집중될 대목이다. 마
늘을 매개체로 한 시적 자아와 시숙모의 관계는 '빙긋 웃
는' 호의적인 공감의 시공에 있다. '홀로'가 아닌 '더불어'
의 자세라 따뜻하다.

눈 덮인 길/은별 내리는 밤/세상이 잠들 때 밤은 깨어
나/달빛 아래 얼어붙어 조용히 숨 쉬는 흰 강을 걷는다/
창밖에선 눈의 속삭임/밤하늘엔 별빛 연주 꿈으로 흐르
고/포근한 이불 속에 기대 앉아 마시는/차 한 잔의 위로/
밤의 품속에서 꿈을 그린다 – 〈흰 강〉에서

눈·은별·달빛·흰 강·차 한 잔의 객관적 상관물들이 교
직交織하는 시의 분위기는 다사롭다. 어조가 안온할 수
밖에 없다.

(5) 기교

현대시의 기교에는 여럿이 있다. 낯설게 하기의 관점에서 보아 두드러진 것이 참신한 은유와 상징, 아이러니, 역설 등이다. 그런데 정정근 시인은 이런 현대시의 기법들에 무심하다. 물리적 원리와 현상을 뒤집는 의사진술擬似陳述, pseudo states 같은 모더니즘다운 기법도 사양했다. 평이한 진술로 다수의 독자를 시 읽기에 동참케 한다. 다만, 무정물을 유정물有情物로 변용시키는 친근한 비유법을 구사할 뿐이다.

- 지나던 바람이 마나님 옷고름과 치맛자락을/펄쩍 날리고 달아나네 - 〈그 섬의 심마니〉에서

- 싱싱한 고등어의 날렵한 맨살이/쫄깃 다디단 식감으로 꼬드기는데 - 〈등 푸른 맨살을 탐하다〉에서

- 연분홍 진분홍 진달래 꽃불 켜고/기암절벽마저도 선홍의 피 돌아 -〈봄이 오면〉에서

모두 소박한 활물화活物化, 의인화로 잔잔한 감동을 환기하는 대목들이다. 가슴 heart보다 머리brain를 1차 자극하는 주지주의의 소통 지연 장치는 피하였다. 가슴과 머리가 동시에 호응하는 친근한 소통 방식을 선호하는 것

이 정정근 시학의 특성이다.

(6) 길을 위하여

인생이란 길 가기이고 선택과 만남의 과정이다. 정정근 시의 자아는 가족, 이웃은 물론 절해고도나 이국의 낯선 사람과 사적史跡을 만난다. 길 가기의 시적 체험의 실상이다.

> 길에서는 언제나 바람을 만나지/풍경은 자꾸 바뀌어 가고/발걸음은 앞으로 가는 듯 뒤를 돌아봐/내 가는 길 끝에는 무엇이 있을까/가면서 조금씩 늙어갈 뿐이지만/멈출 수도 없지/계절도 인생도 그대로 있지 않으니/발자국 속에 이야기를 남기며/끝 모를 길을 걸어가네 – 〈길〉에서

이 시의 지배소dominant는 길이고, 부지배소는 바람이다. 길의 알타이어 어원은 분리를 뜻하는 말의 어근 '골'이 '갈, 가르다'로 변이되고, 다시 '길, 길다'로 바뀌었다. 길의 원형 상징archetypal symbol은 질서, 방법, 신성계를 향한 통로, 규범, 방도, 진리, 가르침, 믿음, 도리, 삶의 이법, 고난과 방황, 소외, 진행, 순례, 초월적 경지 등 복합적이다.

정정근 시의 길은 이 복합적 원형 상징의 갈피를 선명히 제시하지 않는다. 확정적 지표나 진리의 표상도 엿보

이지 않는다. 다분히 운명적이기 십상인 길 가기라, 살풋 허무의 성에가 앉을 법한 상황이다. 한데 그 길에 바람이 분다.

바람은 바람 소리의 의성어 '부륵 /브르'에 명사 형성 접미사 '암'이 결합하여 된 말이다.

바람의 원형 상징은 우주의 숨결, 풍요, 생산력, 삶의 역동성, 자유, 자연·하늘의 섭리, 도道, 파괴력, 시련, 재생, 가변성, 무상無常, 불안, 의지, 하늘의 소리, 영감, 죽음, 혁명, 납량納凉 등으로, 역시 다면적이다.

정정근 시인의 바람은 어떤 원형 상징으로 풀 수 있겠는가? 길과 바람의 의식·무의식적 상징성 풀이. 독자들의 몫이다.

길과 바람의 부정적 상징 풀이는 인생길의 무상이다. 다분히 불교적이다. 그 긍정적 상징 풀이는 진리 찾기의 초월성이다. 어느 쪽일까? 정정근 시인의 시 전편에 대한 유기적 독법이 필요하다.

저만큼 보이는/유턴과 직진의 이정표/뒤돌아갈까, 내처 갈까/익숙한 길은 안전하지만/타성에 젖기 쉽고/낯선 길은 불안하지만/행운이 기다릴지도 모를 꿈속 같은 길/삶의 자리는 어디나 눈물 반 웃음 반/언젠가 돌아가야 한다면 지금이 아닐까/마음은 여행을 원하고/몸은 익숙한 풍

그야말로 '희로애락을 싣고 각축角逐하다가 한 움큼 부토腐土로 돌아가는 인생'(정비석, 〈금강산 기행〉)에는 유턴과 직진의 갈림길이 거듭된다. 선택의 기로岐路 말이다. "대체 천지란 만물의 쉴 집이요, 광음은 백대의 지날 손이다." 당나라 이백의 〈춘야연도리원서春夜宴桃李園序〉의 명구名句다. 천지의 한갓 길손일 뿐인 인생, 그럼에도 시인은 인생길, 여행길, 늘 길 위에 있다.

(7) 신앙, 초월을 위하여

정정근 시인의 길에는 무상감이 감돌고 있다. 무상감 또는 허무 의식의 끝에서 원환圓環의 되풀이에 젖느냐, 영원과 수직적 초월·구원救援의 언덕을 더위잡느냐, 이것은 천양지차의 길 가기가 된다.

만추晩秋인 줄 알았더니 겨울입니다/그간 나는 나 자신을 위해서나 가족/또는 이웃을 위해서 뜨겁게 살지 못했습니다/(중략)/겨울이 다 가기 전/한 뙈기 마음 밭이라도 갈아엎어/좋은 씨앗을 뿌려야겠는데 너무 늦었겠지요/노지露地에서는 어려울 터이니/비닐하우스라도 쳐야겠습니다 - 〈내 인생에 겨울이〉에서 겨울, 무無로 돌아간 유有의 흔적이다. 없음으로써 있음을, 있음으로써 없음을 생각하는 사유思惟의 계기다. 철학과 신앙의 계절이 겨울이다. 서울어가 경어체인 것은 시적 자아의 어조가 심히 겸허하다는 징표이다.

> 당신을 납골당에 모셔 드리고 하늘을 보니/배 권사, 당신은 황사 가득한 거기서도/모란꽃처럼 웃으십디다
>
> 　　　　　　　　　　　　　　　　　　　　　- 〈배순자 권사〉

주체가 노출된 서술시다. 텐션이 풀려 산문화했다. 정정근 시인이 기독교인임이 여기서 비로소 밝혀진다. 그의 인생길에서 안개처럼 피어오르던 무상감이 '운명도 허무도 아니라는 이야기'(김형석 교수의 신앙 에세이집)인 걸 예서 확인한다. 하지만 시인의 신앙심은 본질에 직핍해 드는 '치열성'과는 먼 거리에 있다. 본질적이고 치열한, 상징 속에 깃들여 웅숭깊은 기독교 신앙시가 그리운 국면이다.

참된 신앙시는 '주여, 사랑합니다' 없이 주님을, 그 기막힌 사랑을 극적으로 제시하는 순간에 존재 의의를 얻는다.

어린아이가 뒤집고 기는 행동을 하는 순간 자라나고 살아가는 동시에, 종착점에서 보면 그 아이는 죽어 오고 있다. 삶과 죽음의 이 모순에서 영원의 세계에로 구원하

135

는 고등 종교가 기독교다. 정정근 시인의 은혜 충만한 기
독교 신앙시집이 기다려진다.

3. 맺는 말

이 글은 서정시 쓰기가 행간에 침묵을 심는 원초적 글
쓰기라는 말로 시작되었다. 서정시는 필요한 상황에 맞
는 말을 필요한 만큼만 하는 화법話法의 원리를 압축적
으로 보여 준다는 말도 잊지 않았다. 요컨대, 서정시는 절
제 지향의 구심력과 자유 지향의 원심력이 텐션을 조성
하는 역학적 긴장의 어름borderline에서 피어나는 언어
미학의 정화精華임을 자각하는 데서 시작되어야 하는 것
이 시 창작이다.

정정근 시는 호흡이 길다. 서정시의 긴 호흡은 자주 텐
션을 잃고 산문의 허방다리에 빠질 위기를 부른다. 그가
오랫동안 수필가로 활동해 온 일과 무관치 않을 것이다.
그런데 그가 이런 비시화非詩化의 위기를 극복하려 차용
한 미학적 장치는 리듬이다.

정정근 시인의 리듬은 우리 민요와 시조의 3음보와 4
음보 율격을 수용하여, 호흡(음보音譜)의 등장성等長性으
로 독자들의 호흡과 맥박 등의 생명 리듬에 다가간다. 그
의 시가 순탄히 술술 읽히는 비법이다. 리듬으로 시의 어

조 tone까지 조율하는 것은 그의 시학적 개성이다.

여느 예술 장르 못지않게 서정시 쓰기란 낯설게 하기 defamiliarization다. 소재부터 참신해야 하므로, 정정근의 시적 자아는 낯선 곳 낯선 소재 찾기에 나선다. 그 낯선 체험을 주로 들려주기telling 화법으로 참신성을 창출한다. 그의 길 가기, 여행이 멈출 수 없는 까닭이다. 우리의 토속풍 삶터와 낯선 도서 지방은 물론 미국 자연사박물관까지, 심지어 7세기 신라·당과 백제·왜가 동아시아의 패권을 다툰 백강 전투까지 아우른다. 그의 시적 탐색은 '낯선 익숙함'의 역설을 품는다. 더욱이 '낯선 익숙함'의 감칠맛 나는 우리 고유어, 일본 아스카飛鳥 문명의 유적에서 우리 고대 문화의 숨결까지 탐색하는 것은 노작勞作의 증거다.

정정근 시의 핵심은 '멸망해 가는 것들'을 재현하는 데 있다.

정정근 시의 어조는 평온하다. 가령, 삶과 죽음의 담론이 예각적으로 충돌하는 모순의 2중률을 긍정의 어조로 다독이는 자세는 그의 인품과 깊이 연관되는 것으로 보인다. 사람과의 만남에서도 그의 어조는 다사롭고 안온하다.

정정근 시에서는 '무기교의 기교'가 한 몫을 감당해 낸다. 의도적 기교도 무정물無情物의 소박한 활물화活物化나 의인화 수준에서 멈추고, 현대시가 번영을 과시한 상징과 아이러니, 역설, 이미지의 보여 주기 기법 등 고도의 화법에 손사래 친다. 이 역시 오랜 수필 쓰기로 익힌 개인적 관습과 관련되는 것으로 보인다.

노년의 정정근 시인의 시적 자아는 줄곧 길 위에 있다. 유턴과 직진의 갈랫길에서 늘 선택의 기로에 있고, 그의 자아는 이제 순명順命하는 어조에 정좌靜坐해 있다.

그럼에도 그의 자아는 혹 짙은 무상감에 젖는다. 불교적인가? 시집의 끝자락에서 독자들은 그의 기독교를 만난다. 그는 불교의 원환론圓環論과 자력 구원自力救援이 아닌, '기독교 유일신에 의한 구원 의식에 이르는 치열한 탐구'의 시학적 과제를 남겨 놓고 있다.

시집 상재를 축하하며, 그의 은혜 충만한 시집 출간을 고대하기로 한다.